LA PRISON DE LA LIBERTÉ

LA PRISON DE LA LIBERTÉ

MAXWELL KOULEN

Maxwell Koulen

Contents

Contents ~ vii

I

Le plus gros mensonge de l'histoire est que la liberté en vaut la bataille.

François réalise ce matin qu'il a oublié son porte-monnaie. Tant pis, il n'en vaut pas le retard. C'était un de ces matins que François ne connaissait que trop bien, sortant de sa maison avec cette fraîcheur matinale il était heureux d'aller au siège de la Croix Rouge pour retrouver son bureau. Malgré l'obsession qu'il avait pour son travail, il n'y pensa pas ce matin. Marie était si belle la veille :

- Quelle Parure mademoiselle !
- Oh ne soyez pas si courtois monsieur Delaquis, ceci n'est plus de nos temps.
- Vous avez raison mademoiselle Thomas,

mais comment ne pas... Avant qu'il puisse terminer sa phrase, les invités de Marie se l'étaient déjà appropriés.

La famille de Marie avait presque tous les soirs des invités, cette attention leur était chère mais ces derniers temps la famille Thomas devait même fermer la porte à certains. Les courtisans de Marie étaient si nombreux maintenant qu'elle était en âge de se marier.

II

La journée passa vite pour François, de conférence en conférence, de diplomate en diplomate, il en avait presque oublié l'invitation de son ami. Vingt heures précise, il retrouva Christian aux Armures pour un tartare de bœuf.

- Tu sais François, ça me fait plaisir de te voir ce soir. Ces temps-ci tu es un homme difficile à intercepter. Avec ton nouveau poste de vice-président de la Croix Rouge je dois me battre pour m'approprier une de tes soirées.
- Oh n'exagère pas, je te connais, toi, un polémiste prêt à écrire un manifeste à tout

moment ! J'ai toujours du temps pour un bon ami, répondit François le sourire aux lèvres. D'ailleurs, je ne t'ai pas vu hier soir. Tu n'es pas venu chez les Thomas ?

• Non je n'en sentais pas le besoin.

III

François rentra tard ce soir-là. Comme à son habitude, il passa d'abord dans son cabinet pour lire une petite heure avant d'aller se coucher. En grandissant cette habitude était devenue plus une nécessité qu'autre chose. La littérature et la philosophie le passionnaient mais ce n'était pas pour cela qu'il lisait. Il lisait car il le devait. Après avoir lu quelques pages de *Léviathan* il alla se coucher, il avait étanché sa soif obsessionnelle de productivité pour cette nuit du 17 décembre 1913.

Le lendemain François décida d'aller visiter Marie. Étonnamment ce matin-là, elle était seule. Ceci donna un subtil sourire à François que Marie remarqua dès lui avoir ouvert la porte. Elle n'en connaissait la signification que trop bien. Bien qu'elle refusât de se l'avouer, François savait que sans son entourage Marie était plus ouverte avec lui. Elle fit son possible pour paraître indifférente devant lui mais ceci s'avéra être une tâche difficile.

- C'est dommage monsieur Delaquis, mon père vient de sortir.
- Ne vous en faites pas, je n'étais pas venu pour lui. Voyez-vous madame, hum excusez-moi, puis je vous tutoyer ?
- À vrai dire monsieur Delaquis, ce n'est pas approprié et je ne le désire point.
- Ah, oui... Il est d'ailleurs très intéressant que tu mentionnes ton désir. Entre nous, tu n'as pas la moindre idée de ce que tu désires n'est-ce pas ?
- Monsieur !
- Marie ! Répondit-il avec un ironique sourire.
- François !
- Vois-tu, j'avais donc bien raison tu ne connais rien de ton désir. D'abord tu veux me vouvoyer et tu me tutoies ensuite tu veux m'appeler monsieur et tu m'appelles François. Tu ne connais pas ton désir et tu ne pourras jamais le connaître avant que tu le

concrétises. Je crois même que je peux affirmer connaître ton désir mieux que toi.

Marie utilisa toute sa force pour renvoyer François de la maison avec politesse:

- Monsieur Delaquis, je ne comprends pas ce que vous dites ni de quoi vous parlez, mais je n'apprécie certainement pas vos tutoiements et vos appellations. Rentrez chez vous et tâchez de garder les pieds sur terre. Vous savez à force de lire ces onanismes intellectuels de Kant et tous ces autres philosophes, vous ne pensez plus dans le monde réel, mais dans ce monde hypothétique et rationnel de la feuille. François à ce moment-là perdit cette confiance aveugle que les rhéteurs ont dans leurs dires. Il hésita à répondre et témoigner de ses prouesses, mais il ne le voulait plus.
- D'accord madame Thomas, je vous laisse à vos études, je ne voudrais pas vous déranger.

Une fois François parti, Marie reprit sa lecture de *Yvain ou le Chevalier au Lion*. Rentrant chez lui, François regarda les pavés. Il passa devant la maison de Rousseau puis alla chercher quelques tomates au marché de la place du Bourg-de-Four. Il ne choisit pas les plus belles. Seule cette haine le préoccupait: la femme l'avait prise pour un sophiste alors qu'il était un rhéteur.

IV

Christian, ce même matin, décida d'aller à la campagne pour quelques jours, il aimait ce sentiment de retrait que celle-ci lui procurait. Christian alla au village de Bernex une dizaine de fois dans l'année, parfois seulement une journée, parfois un mois entier. Là-bas il avait une belle maison sur le chemin de Saule.

Christian avait apprécié le dîner de la veille mais une fois de plus il avait eu ce sentiment si commun chez lui: François était son ami et ils se respectaient l'un et l'autre totalement dans leurs désirs et leurs croyances, malgré cela, Christian n'avait pas l'impression d'être lui-même. Il se sentait bridé par la présence d'un autre homme. En marchant devant son ancienne école il repensait à cette discussion qu'il avait eu avec madame Faverger :

- Madame, vous prétendez que l'éducation est nécessaire au bonheur. Or, celui-ci est individuel. La preuve : savez-vous ce qui me rend heureux ? Non, vous ne le savez pas, et vous ne le saurez jamais. Comment pouvez-vous donc être debout devant cette classe et affirmer sans aucun embarras que sans éducation, l'homme ne peut être heureux ? Je crois bien que le bonheur soit individuel, je déciderai donc moi-même ce qui me rend heureux.
- Christian, assez !
- Madame...
- Te crois-tu intelligent en répondant à ta professeure ? Laisse-moi te rassurer, tu n'es rien de plus qu'arrogant. Toi qui penses être doté d'une certaine raison, ne penses-tu pas qu'après quarante années de vie j'en sais un chouia de plus que toi ...

Christian se souvenait encore exactement de ce que ses camarades lui avaient dit à la sortie du cours. Certains le croyaient audacieux, d'autres arrogant, mais tous le trouvaient idiot. En repensant à cette histoire, il se dirigeait vers les paddocks du voisinage, sa mâchoire se serrait, en même temps ses poings s'ouvraient un à un et se refermaient une seconde plus tard. Après avoir salué les chevaux de la famille Boson, il alla dîner. Seul dans sa cuisine il se sentait enfin libre de la bride sociétale. Le dîner terminé Christian, rassasié, décida d'aller une fois de plus au paddock de la famille Boson pour admirer le joli selle français à robe alezane. Christian Quart avait pour cette bête un grand amour, il sentait sa relation avec ce cheval plus véridique que toute relation possible avec un homme. Ces derniers cherchent toujours un amour passionnel, trop sensuel. Le vrai amour est fraternel, cet amour brut dépasse le corps et se transmet uniquement par les actions et les idées. Qu'une fois cet amour atteint, l'homme peut donner place à la passion. Tout autre ordre n'a comme seul but le plaisir corporel.

Là, entre champs et paddocks Christian sentait son bonheur possible. Quelques années auparavant, il avait à ce même endroit marché avec François :

- Ne sens-tu pas cette force au fond de toi ? demanda François à Christian.
- Non.
- Voyons mon ami, cette force ! Cette manifestation intérieure de liberté que tu ressens dans ton cœur. Je sais que tu la ressens. Cultives-la mon ami, la liberté est ce que tu as de plus précieux. C'est elle qui va t'amener au bonheur. Et puis fais attention, nombreux sont les charlatans qui essayeront de te convaincre de l'inverse. Déjà le gouvernement s'est donné cette pathétique tâche, il fera tout pour te convaincre qu'il peut t'amener du bien-être et te rendre heureux. C'est un mensonge. Écoute-moi Christian, et avec ce charisme rendant même les plus nobles jaloux, François expliqua à Christian ce qu'il sût déjà : la liberté est la clé du bonheur. Le bonheur étant individuel seule la liberté peut amener un homme à son bonheur.

Revenant à l'instant présent Christian décida de retourner au chemin de Saule, il commençait à se faire tard. Le soleil s'étant couché il ne voyait plus rien. Christian accéléra le pas et prit des respirations de plus en plus courtes. Lorsqu'il passa devant la maison de ses voisins Christian s'apprêtait à les saluer par la fenêtre du salon lorsqu'il tressaillit. La libératrice absence de bride sociétale ressentie plus tôt dans la journée était maintenant devenu sa plus grosse fatalité. Pâle, il médita sur la sincérité du sentiment de solitude. La nuit même il retourna à Genève.

V

L'humiliation que François avait subi devant Marie était fraîche dans son esprit. Il voulait oublier cet épisode mais ne le pouvait point. Il en voulait à Marie pour l'avoir mis dans cette position, mais plus qu'à elle, il en voulait à lui-même. François ne comprenait pas pourquoi cette gêne le fracassait autant. Il sentait en lui cette haine que les jeunes hommes possèdent après avoir été humilié par un bien-aimé. Celle qui par la même flamme crée de la gloire et détruit des familles.

Le lendemain de sa visite chez Marie Thomas, François alla à la patinoire des Bastions. En enfilant ses patins il repensait à ce qu'il avait dit la veille. Les patins lacés, il s'élança sur la glace, devant lui il avait l'université des Bastions, un virage plus tard le Mur des Réformateurs, encore un virage plus tard la Place de Neuve. Ses mains étaient rouges mais ses lèvres encore plus. Les sourcils froncés, il respira par le nez et affamé, il regarda droit devant lui. Dans un élan d'audace, l'homme accéléra le rythme ; le souffle accéléra, le cœur accéléra, le temps, lui, ralentit. A cause de la transpiration, l'intérieur de ses manches commençait à coller à ses avant-bras. C'était le moment de s'arrêter.

Sur le chemin de sa maison, François croisa un jeune garçon en surpoids. Il l'observa pendant un moment. Le bonhomme marchait lentement, une de ses mains était cachée par son ventre, l'autre se cachait dans sa poche. Il baissait la tête, mais de temps à autre la remontait, dans ces instants François remarqua les yeux presque fermés du bonhomme. Plus que ses yeux plissés, François était marqué par les lèvres serrées l'une contre l'autre avec ce qui semblait être au moins une tonne de force. En plus de remonter la tête de temps à autre, le jeune homme esquissait par moment un pénible sourire. Si incompris, ce sourire naît de la tristesse. La vue de ce dernier ôta à François la bonne humeur pour laquelle il avait fait tant de tours de glace. Une dernière fois, il scruta la lypémanie avant de tourner la tête. Une fois rentré chez lui, François ne pensa plus à Marie ou à la patinoire ; son attention avait été volée par le garçon en surpoids. Il avait deux heures auparavant ressenti du regret, voir même de l'accablement, mais de voir un autre homme consommé par la tristesse l'affaiblit plus qu'aucun autre de ses maux le put. François connaissait son esprit et se faisait confiance. En d'autres, il ne l'avait pas. Le bonhomme avait maintenant déjà peut-être sauté dans le Rhône dans une tentative désespérée d'en terminer. Comment être heureux dans un monde où l'autre ne l'est pas ?

VI

Le premier Août 1914, la confédération helvétique mobilise son armée afin de défendre sa neutralité face aux belligérants l'entourant. Le conseil
fédéral envoie des lettres de convocation à l'armée
jusqu'au fin fond du village de Chancy. Le soir
de cette journée de fête nationale, Christian reçut
lui aussi une convocation. Ne sachant que penser
de cette honorable sentence, il alla le lendemain
visiter François afin de clarifier ses pensées :

- François, le facteur t'a déjà transmis les let-
  tres du jour ?
- Oui, Catherine m'a envoyé une belle lettre.
  Je me suis d'ailleurs beaucoup plut en la

lisant, tu sais lorsqu'elle me parle de sa vie de famille j'en suis presque envieux.

François alla continuer sur le rôle de chacun au sein de l'institution familiale, mais Christian n'était guère d'humeur à en converser. Sans finesse, il lui demanda alors d'un ton presque accusateur :

- Tu n'as donc pas reçu la lettre de convocation à l'armée ?
- Non, je ne l'ai pas reçu et je ne la recevrais point. Mon statut diplomatique au sein du CICR m'empêche de prendre les armes. J'imagine que la confédération t'a convoqué ?
- Oui, elle m'a convoqué...
- Je vois, félicitations !
- De quelles félicitations parles-tu ? L'armée ne m'apportera rien. Elle ne fera rien de plus que me rabaisser et m'aveugler aux beautés de la vie.
- J'avoue comprendre ton point de vue, mais je crois bien qu'en réalité les choses se trouvent être tout autres. Oui, l'armée est dure, oui, l'armée est plus égalisatrice que le *Manifeste*

du Parti Communiste et bien sûr que l'art et les beautés te deviendront banales. Cependant, l'armée représente l'occasion pour toi de devenir viril, vois-tu la virilité n'est pas un trait bestial mais un trait pratique. L'homme n'est que viril s'il sait transcender une cause, l'homme viril est un homme utile, un homme fort. Mon ami, prends les armes non pas car tu es convoqué, mais car ta nature te pousse à être viril afin d'assurer la survie du groupe. Notre survie...

Christian non satisfait de cette discussion, décida donc après avoir vu François d'aller se promener au Jardin Anglais. Là, après avoir passé le Pont du Mont-Blanc, un élan de fatigue l'envahit. Ayant déjà entamé un soupir, il leva les yeux au ciel. Lorsqu'il détermina s'être assez diverti l'esprit avec l'échappatoire que ce ciel représentait, il reposa le regard sur le Léman. Avant même d'avoir la chance de l'admirer une deuxième fois, Christian sentit ses pieds et ses jambes infestés de fourmilles. Son cœur battait fort, il se retourna même pour vérifier qu'il était le seul à pouvoir l'entendre. Christian détourna le regard et reprit sa route. Sans en comprendre la raison une joie l'envahit, il ne vit soudainement plus l'armée comme la fatalité qu'elle était quelques heures auparavant. Certes, il garda son regard critique sur l'armée, mais il avait maintenant réalisé que celle-ci serait peut-être bien une opportunité pour lui. Et puis, il avait encore quelques mois avant de rejoindre le régiment.

VII

Marie alla ce soir-là au bal de son amie Catherine. Bien qu'habituée des rencontres de la haute société, elle sentait une sorte d'angoisse à l'idée de ce bal. Depuis l'incident avec François, elle s'était sentie presque redevante envers son calme intérieur et vit ces rendez-vous en société comme un élément perturbant et à l'origine de tous les maux sociaux. Malgré l'angoisse, elle désirait quand même s'y rendre. Mademoiselle Thomas avait l'habitude de s'habiller avec de magnifiques robes, elle n'y fit ce soir-là point exception. Se préparer prenait du temps, mais elle appréciait cette lenteur. Plus elle prenait de temps pour se parer, plus elle se sentait à son aise la soirée venue. Marie commençait toujours par ôter tous ses habits, même ses sous-vêtements. Là, nue, dans la chambre à coucher elle se permettait un fin sourire. Enfin, elle plongea ses mains dans l'armoire pour y sortir quelques sous-vêtements. Après avoir mis une culotte avec délicatesse, elle ralentit ses mouvements afin de rester une seconde de plus dans la nudité. Avec prudence elle mit alors sa robe bleue. Celle-ci avait le pouvoir de mettre en avant sa corpulence svelte. À vingt-et-une heures moins le quart le voiturier vint la chercher pour l'emmener au bal.

Une fois arrivée elle se dirigea sans hésitations vers Catherine pour la saluer et la remercier de l'invitation. Celle-ci était entourée des plus populaires de la société genevoise. Vite Marie remarqua les différents gens présents. De l'autre côté du salon se trouvaient deux ou trois agrégats parmi lesquels celui de François.

Ayant vue Marie, François ne pût s'empêcher de remarquer son humeur moindre. Néanmoins, lui aussi approcha Catherine afin d'en savoir plus sur sa vision de la famille. Dès qu'il approcha, elle le salua et n'attendit point qu'il lui en demande plus du sujet pour en débattre avec passion :

- Je suis heureuse que vous soyez venu, je me réjouis depuis maintenant quelques jours déjà de continuer notre discussion.

- De même madame Pictet. Je dois d'ailleurs vous avouer que je ne comptais pas venir à ce bal. Mais lorsque cette après-midi, je me suis trouvé incapable de lire une page de plus d'*Orgueil et Préjugés*, je me suis laissé emporter par l'idée de, comment dire, une pincée de stimulation intellectuelle.

- J'entends ici que vous ne venez donc même pas profiter de la haute société genevoise mais simplement vous divertir l'esprit ? Vous êtes décidément un homme hors du commun monsieur Delaquis ! En disant cela Catherine lâcha un rire quintessentiel à sa féminité. Ce fût à ce moment que François tourna le regard et aperçu Marie s'approcher d'André Jeanneret

- Oh, ne jouez pas la comédie ! On se connaît depuis bien des années Catherine, vous savez bien que les rencontres de la société ne font partie de mes passes temps préférés.

- Peut-être bien, mais il semble qu'aujourd'hui vous ayez changé d'avis.

• Je vous en ai déjà donné la raison. Une simple envie éphémère de me divertir l'esprit. Bien qu'en disant cela, je crois m'attraper dans un mensonge. Je dois avouer, c'était une envie de divertissement, mais c'est en l'instant un besoin que je ressens. Une nécessité de redécouvrir vos opinions sur la famille ! Après tout, votre visage m'inspire une telle sérénité, je n'arrive pas à me persuader que vous croyez le romantisme, l'amour, être une fiction de notre imagination. Et puis, peut-être pourrais-je vous partager ma vue sur le romantisme et son influence sur le rôle de chacun au sein de l'institution familiale.

• Parlons alors, François. En entendant son prénom, François inclina quelque peu la tête en même temps qu'il tourna son regard à ses propres pieds. Il serra le point et lâcha un sourire sincère comme il n'en avait lâché depuis le début de la soirée. Ce sourire fût bien sûr perçu par Catherine. Oui, je pense le romantisme être la cause de tout divorce. Mais non je ne pense pas que le romantisme soit qu'une fiction de notre imagination. Vois-tu, cette idée que chaque âme a une âme sœur est absurde, ce que je t'ai d'ailleurs déjà démontré dans ma lettre. L'on pourrait donc croire que le romantisme n'est qu'une notion conventionnelle. Voilà d'ailleurs l'erreur que tu fais, Catherine prononça ces mots en baissant les paupières supérieures. Le romantisme est la manifestation cognitive de notre nature animale. Tu es un être intelligent, je suis intelligente, en tant qu'humains nous sommes parmi les bêtes les plus intelligentes de cet univers. Mais nous restons des bêtes. Il serait ainsi absurde de penser que chaque animal trouve un partenaire uniquement pour assurer sa descendance et que nous trouvons un partenaire non pas pour assurer notre descendance, mais tout simplement parce que l'être humain, lui, ne peut que vivre seul dans le plus gros des malheurs face à l'infini bonheur qui l'attendrait avec son âme sœur. Qu'ainsi il doit dédier sa vie à trouver ce cœur qui va combler sa pathétique vie ! Le romantisme est ancré en nous de façon bien plus réelle même que nos pensées. Nous sommes dotés d'un corps, nous sommes donc romantiques, nous pouvons aimer de façon passionnée, nous pouvons donc aussi...

• L'homme n'est certes qu'une bête, acclama Christian en surgissant derrière François, mais comme vous le dites : la plus forte des bêtes ! Nous ne sommes pas romantiques parce que nos besoins corporels le demandent mais parce que nos âmes le désirent. Ce que vous décrivez là n'est que l'image d'un être faible à la merci de son corps. Vous ne vivez point pour transmettre votre descendance, vous vivez pour être heureuse. Si ce bonheur est agrémenté par la compagnie d'une personne qui vous rend meilleure, plus forte, plus confiante, alors soit.

Marie et les gens que ramenaient les Thomas avec eux s'étaient approchés de Christian. Ils s'approchaient non pas pour prendre part à la discussion mais par mépris pour ses paroles. Michel Bovin l'interpella notamment sur ses mots, en rétorquant :

• Ce que vous dites là est bien beau mais

je vous demande, est-ce vrai ? Avant même de continuer son discours, Bovin se tourna pour chercher le regard de Marie. Celle-ci était alors introuvable. Il continua donc, vous affirmez avec la plus grande confiance des propos sans fondements. Vous prétendez que l'homme vit pour être heureux alors que vous n'en savez rien. Comment est-ce que vous, monsieur Quart, pouvez décider pour quelles raisons moi je vis, hélas, pour quelles raisons les hommes vivent ? Personne n'en sait quoi que ce soit !

• Personne ne sait pourquoi les hommes vivent, mieux dit, personne ne connaît le but de la vie, mais ô monsieur Bovin, tout le monde connaît le but dans la vie et si vous en prétendez autrement, alors...

• Vous parlez avec ce ton de confiance si décalé de la réalité de vos propos, vous proclamez même connaître le but de la vie. Une fois de plus, Christian se prépara à répliquer avec ardeur intellectuelle, mais à l'écoute de ces derniers mots il remarqua le caractère distinct de son interlocuteur et perdit sa fièvre. Selon vos mots l'homme ne poursuit pas l'accouplement, quelle hypocrisie venant de vous.

• Vous avez bien raison, je suis hypocrite.

VIII

Après cette discussion fortement intéressante pour Catherine et François mais frustrante pour Christian, ce dernier décida de s'en aller du bal. Il n'y voyait maintenant plus que des hommes opposés à ses idées les plus fondamentales. En rentrant chez lui il vit le tram de la voie Genève-Carouge lui passer devant. Bien que prendre le tram n'était pas dans ses habitudes, il monta sur ce dernier et fut heureux de trouver sur un des sièges un journal qu'il lirait durant les sept minutes de route qui le séparaient de son appartement. Après avoir lu quelques pages du journal, il regretta l'avoir ouvert. Christian apprit que Ulrich Wille, trop proche de l'Allemagne, avait été nommé général de l'armée. C'est avec ce pénible sentiment de frustration qu'il savait n'être que de sa faute, qu'il alla ce soir-là se coucher. À l'aube il se réveilla et retrouva vite la même sensation qu'il avait eu après avoir appris la nouvelle du général Wille: son cœur était comme serré par une étrange poigne. Bien qu'il lui fût pénible d'avoir un général si proche des empires centraux, Christian fut surpris de l'ampleur du sentiment éprouvé face à cette information. En temps normal une nuit lui suffisait largement pour s'abstraire d'une fâcheuse nouvelle. Il ne pensait maintenant plus à Wille mais uniquement à ce qu'il ressentait physiquement, il devait se débarrasser de cette poigne.

Plusieurs jours passèrent durant lesquels Christian était retourné au village de Bernex pour y méditer sur son avenir proche. Il y avait retrouvé son selle Français et sa solitude. C'est uniquement dans cette solitude et grâce à elle qu'il avait réalisé l'impossibilité absolue qu'une alliance avec les allemands serait pour lui. Christian envoya donc le 17 Août 1914 une lettre à chaque haut placé de son entourage. Malheureusement, personne n'y répondit. Tous la lurent, mais ils se faisaient du souci par rapport à l'absence totale de diplomatie qu'avait cette lettre. François fut le premier à confronter Christian :

- Christian, j'ai lu ta lettre et bien que tu soulèves d'excellents points, il me semble que tu ne peux te permettre une telle écriture, on va t'accuser de diffamation.
- La lettre est bien radicale, mais elle n'éclaircit que ce qui est connu de tous ; le général Wille est un allemand. La Suisse va perdre toute neutralité avec un tel général à la tête de son armée, crois-tu réellement que la confédération va garder sa plus grosse richesse nationale avec des dirigeants biaisés ?
- Une fois de plus, tu soulèves de beaux points, mais tu sembles aveugle à ton manque de tact. Et puis, pense à ce que tu dis, pense au poids de tes paroles.
- J'y ai bien pensé François. Des paroles sans poids valent autant qu'un silence...

<h1 style="text-align:center">IX</h1>

François n'arriva, le soir de sa confrontation avec Christian, pas à dormir. Il tenait à son ami et savait qu'il disait vrai, mais ne pouvait se permettre de soutenir ses idées. D'un sursaut il se leva, non seulement il ne pouvait pas soutenir les idées de Christian, mais il devait aussi freiner leur dispersion. Son poste de vice-président du CICR lui attribuait des responsabilités, assurer la neutralité suisse afin de pouvoir utiliser son territoire comme terre d'accueil aux prisonniers blessés en était une. Jusqu'à l'aube, il médita sur ce qu'il ferait. C'était une question impérative à laquelle il devait répondre - trahir son ami mais préserver la neutralité qui pourrait venir en aide dans le cas d'une guerre plus longue que prévue ou rester fidèle à son ami et à des idées proches des siennes mais risquer un atout si critique en cas d'une guerre longue ?

Le matin venu il quitta avec hâte cette torture et monta chez A la Coquille pour se chercher un croissant. Il y croisa d'ailleurs Gustave Ador.

- Bonjour monsieur Ador, des temps difficiles n'est-ce pas ?

- Bonjour monsieur Delaquis, ce sont certainement de temps durs que nous vivons. Mais soyons confiant que l'Europe va s'en sortir dans un rien de temps. Sinon, le CICR sera là, n'est-ce pas ?

- Certes, à ce propos, je voulais vous parler d'un élément à tenir en compte dans notre plan d'action.

- Bien sûr, laissez-moi terminer avec monsieur et je vous écoute. Après que Gustave Ador eu payé le boulanger, les deux hommes à la tête de la Croix Rouge se mirent en marche pour le bureau du CICR. Vous disiez ?

- Oui, j'avais à vous parler de la neutralité suisse. Voyez-vous, pour mener ses opérations à bien le comité doit s'assurer que la Suisse garde sa position privilégiée d'état neutre. En effet, nous ne serons pas en mesure d'accepter des blessés et d'aller sur le terrain si la Suisse fait partie des belligérants. C'est dans ce cadre-là que je propose de faire très attention aux citoyens tentant de joindre la Suisse à une des parties du conflit ou tout simplement exposant des visions qui pourraient être perçue comme partiales par les belligérants.

- Je vois, je m'étais d'ailleurs déjà intéressé à la problématique après avoir lu la lettre de votre ami Christian. Je vous laisserai échanger avec le conseil fédéral pour les informer du problème auquel nous faisons face. Concernant Christian Quart, je prendrai en charge son cas.

François était surpris par la sérénité que son ton avait transparu lors de la discussion avec le président Ador. Après tout, quelques minutes auparavant, il était indécis par rapport à ce qu'il ferait. Les deux hommes continuèrent leur chemin en direction du siège en discutant des actualités.

X

Le matin du 23 Août 1914, Christian se baladait
le long du lac Léman lorsqu'à sa grande surprise il
croisa celle qu'il n'aurait jamais pu espérer revoir.
Sans hésitation il approcha la demoiselle. Celle-ci
ne le savait pas, mais elle détenait le plus gros pouvoir qu'une femme peut avoir sur un homme.

• Alexandra de Hesse et Nicholas II Alexan-
drovitch Romanov apprirent à se connaître
lors du mariage de la sœur d'Alexandra. Dix
ans plus tard ces deux monarques forment
l'un des rares mariages conclus d'amour.
Bien que je ne vous connaisse pas, je vous
raconte cette anecdote car je crois ressentir
à votre vue cette émotion si forte ressentie

par « Niki » à la vue d'« Alix ». Bonjour ma demoiselle, je me nomme Christian Quart.

- Enchantée monsieur Quart, je suis Victoria de la Bâtie. Je dois avouer être ravie de votre anecdote, avant que la demoiselle terminât sa phrase Christian perçut la couleur rougeâtre qui se discerna sur ses joues. Il décida donc de l'interrompre.

- Mes excuses, mon aveu fut certainement soudain, je comprendrais bien sûr que vous ne sachiez trop que dire devant cette situation. Peut-être pourrais-je vous proposer de venir au bal d'Anastasia Vouchère demain soir ?

- C'est avec plaisir que je viendrai au bal, monsieur Quart.

- Passez une bonne journée alors, j'attendrai avec impatience l'heure de vous raconter d'autres anecdotes !

- Bonne journée Christian. Frappé de ce ton chaleureux, Christian répondit sans en être conscient avec son même ton.

- Bonne journée Victoria.

XI

Lorsque mademoiselle de la Bâtie, reprit son chemin elle lâcha un subtil sourire. Elle repensait à sa petite anecdote et à sa belle expression. « Mais qu'est-ce que j'ai fait », pensa-t-elle soudain. « Il est certes très attirant, mais je ne peux pas venir au bal demain soir. Il pensera que je veux quelque chose de plus, pourquoi lui ai-je donc donné l'impression que je voulais m'approcher de lui. Après tout je veux le revoir, mais quel type d'homme salue une demoiselle avec une presque demande en mariage. Pour qui ce Christian Quart se prend-t-il donc. » Victoria rentra chez elle, sans savoir ce qu'elle pensait, ni ce qu'elle voulait. Aller au bal donnerait à cet homme si étrange l'impression qu'elle voulait tisser des liens avec ce dernier. Mais n'était-ce pas justement ce qu'elle voulait. Elle repensa enfin de façon rationnelle aux manières de Christian et bien qu'elle fût effrayée de son audace, Victoria réalisa bien que sur le moment cet homme avait réussi à la charmer. Elle le désirait.

Victoria ouvra la porte de sa maison et croisa son père dans l'antichambre, celui-ci s'apprêta à sortir. Elle voulut lui demander ce qu'il allait faire mais y renonça connaissant la réponse générique qu'elle recevrait : « quelques affaires ». Victoria ne rentra qu'uniquement là dans le for de ses pensées. « Oui, je le désire. Je le veux. Mais pourquoi ? Cet homme n'est certainement pas le plus beau qui s'est intéressé à moi. Pourtant je n'en ai jamais plus désiré un que lui. Qu'est-ce que je raconte... Je ne le désire point, il m'a tout simplement impressionné avec son anecdote, il a eu de la chance que j'aime beaucoup la culture russe et par hasard aussi le romantisme. J'irai par respect au bal, et je lui annoncerai que je ne veux rien de lui. »

XII

Le lendemain soir, Christian s'habilla d'un costume noir, qu'il agrémenta d'un de ces classiques nœuds papillons bordeaux. Une fois sur place, il tourna plusieurs fois dans la salle de bal avant de s'arrêter une seconde devant Anastasia pour lui baiser la main. Aussitôt les politesses faites, il reprit son errance. Christian s'apprêta à saluer son ami François, qui lui aussi était présent, mais fut coupé dans son élan en scrutant l'heure. Mademoiselle de la Bâtie devrait déjà être là. Tant pis, se dit-il, elle arrivera bien dans quelques instants. En attendant il s'approcha de tableaux qu'il admira avec difficulté. Christian ne savait pas si ce fut l'attente ou qu'ils furent simplement laids, mais ces tableaux étaient antipathiques. Ce qui est sûr, seul un artiste pédant, avide d'argent et insensible aux beautés de ce monde aurait pu peindre de si horriblement ordonnés tableaux.

- Bonsoir monsieur Quart, je vois que vous admirez les tableaux de Picasso.

Christian sursauta, il était si plongé dans ses pensées qu'il n'avait pas remarqué Victoria entrer.

- Bonjour mademoiselle de la Bâtie, quelle joie de vous retrouver ce soir. À vrai dire je croyais que vous ne viendriez pas.
- Oh, je suis navrée de mon retard, j'ai dû m'occuper d'un imprévu de dernière minute avant de venir. Malheureusement, je dois déjà vous avouez que je ne resterai pas longtemps ce soir. En effet... Avant qu'elle puisse terminer sa phrase Christian l'interrompit.
- Mais non ! Quel dommage mademoiselle... Après tout, je comprends Victoria, je vous prie de m'excusez de ma réaction ; il faut dire que je serais désolé de voir une si belle femme partir sans même une danse...

Qu'est-ce là ? Christian s'appropria la main de Victoria et sans hésitation commença à danser en la regardant droit dans les yeux. Une belle valse ne croyez-vous pas Victoria, dansons puis je vous raccompagnerai chez vous.

• D'accord Christian, dansons.

Après que la valse prit fin, Victoria approcha ses lèvres de l'oreille de Christian et lui souffla :

• Merci Monsieur Quart, j'ai beaucoup apprécié vos qualités de danseur.
• Je suis désolé de devoir vous contredire mademoiselle, cette danse en fut une de moindre qualité, pour moi. Vous savez, j'ai toujours besoin d'une première danse pour absorber l'ambiance des musiciens et des invités présents. Ce n'est réellement qu'à partir de la deuxième danse que mes qualités se font notables.

Victoria sentit que Christian alla proposer une deuxième danse. Sur ce, elle décida de lui avouer qu'elle ne pouvait pas rester une minute de plus non pas car elle ne le pouvait pas, mais car elle ne le voulait pas.

- Je ne doute pas que vos performances artistiques augmentent au fur et à mesure de la nuit. J'aurais beaucoup aimé les admirer, mais je vais devoir y aller. Je suis en fait venue ici pour vous avouer que je ne voulais rien de plus avec vous, Christian.

Christian ne frémit point devant cet aveu. Avec le plus grand naturel, il lui répondit qu'il comprenait totalement et qu'il appréciait qu'elle ait tout de même pris la peine de venir au bal. Déjà Victoria fut surprise du pragmatisme de son interlocuteur, elle le fut encore plus lorsque Christian l'interpella une dernière fois dans l'antichambre au moment où elle s'apprêta à partir.

- Mademoiselle de la Bâtie, je semble peut-être perdre mon temps à m'acharner sur ce sentiment qui m'habite, peut-être que je parais même ridicule face à votre hostilité sentimentale mais là vient la subtilité. Je ne me sens pas ridicule face à vous lorsque je vous expose mes sentiments les plus profonds, cela ne témoigne pas forcément de grands choses, mais je crois pouvoir dire qu'au moins cela montre de vous une « pas totale » hostilité sentimentale envers moi. Pourrais-tu, Victoria, admettre les vérités les plus fondamentales à ton bon fonctionnement à une pierre sans te sentir absurde ? Probablement oui, ou bien... Moi je ne le pourrais pas et certainement pas avec une femme comme vous. Ne me mentez pas mais plus essentiel: ne te mens pas à toi-même.

- Je sais que vous pensez pouvoir me faire changer d'avis Christian, mais vous ne le pourrez pas, nous nous sommes rencontrés et vous m'avez charmé, je dois l'admettre, sur ce bord de Léman. Néanmoins, la vie continue, je suis hier rentrée chez moi après notre rencontre et ai réalisé que je ne pouvais rien avec vous.

- Oui, tu es bien rentrée chez toi, tu as réalisé que tu ne pouvais pas, tu n'as pas réalisé que tu ne voulais pas.

- Mais pour qui te prends-tu donc Christian ? Il ne me semble pas que tu t'appelles Freud.

- Tu as raison, j'ai totalement dépassé les limites, j'espère que tu pourras m'en excuser. Laisse-moi appeler une voiture pour toi.
- Ne t'en fais pas Christian, et puis ne te fais pas de soucis pour la voiture, je rentrerai à pied, je n'habite pas très loin d'ici.

Les deux se dirent au revoir et Victoria repartit sans tourner le visage alors que Christian, lui, ne put s'empêcher de l'admirer jusqu'à ce qu'elle ne fasse plus qu'une avec la nuit.

XIII

Enfin, Christian perçut Victoria revenir. Cependant il rentra quelques secondes dans l'antichambre, ceci confondit Victoria qui savait qu'il l'avait vu. « Pourquoi rentrait-il ? », elle aurait cru qu'il allait sauter sur l'opportunité de lui voler un instant de sa nuit. Mademoiselle de la Bâtie ne savait d'ailleurs pas pourquoi elle revenait vers cet homme qu'elle avait si clairement refusé, elle se convainquait qu'elle voulait s'excuser de sa brutalité face à la douceur de Christian si rare chez les hommes de son temps. Un bref instant plus tard, elle vit Christian ressortir et se diriger vers elle. Avec difficulté elle dissimula un rougissement. Et avec cette manie que les hommes ont d'accentuer toute naïveté, Christian lui demanda : « avez-vous oublié quelque chose ? Voulez-vous que j'aille le chercher pour vous ? » Ce à quoi Victoria répondit par un simple non. Le contraste entre cette réponse claire dans sa signification et la sienne, naïve, fut tel qu'il en rigola lorsqu'avec fermeté il s'appropria la main de sa dulcinée et qu'il lui dit : je t'aime, tu m'aimes. Soyons.

XIV

François avait aperçu Christian lorsque ce dernier était allé chercher son manteau avant de se diriger vers Victoria. Il voulut le saluer, mais celui-ci était parti avant qu'il en eu l'occasion. François n'était plus si sûr d'avoir bien opté lorsqu'il avait parlé de la situation de Christian à Gustave Ador. Bref, se dit-il plus tard dans la soirée, lorsqu'il rentrait de ce bal un peu trop superficiel à son goût. Le matin suivant, il avait oublié le moindre doute de la veille. Les journées de François étaient souvent chargées et il n'aimait pas couper son élan une fois qu'il était plongé dans les nombreuses tâches qui devaient être accomplies pour le CICR. Malgré cela, ces derniers temps il faisait un effort conscient pour profiter un peu plus de ces instants qui lui étaient décrit de « clés ». Ce midi, François alla donc manger avec Christian.

Il était doté d'une aisance naturelle en société, il se portait et parlait avec un charisme que seuls les envieux dédaignaient. Toutefois, cette aisance ne l'avait jamais amené au paroxysme amical qu'il trouvait si bien décrit dans la littérature. Quand François entra dans le restaurant, il s'attendait à trouver Christian sur place, à sa surprise il n'y était pas. Quelque vingt minutes plus tard, Christian étant toujours absent, François commença à manger. Il se demandait où son ami pouvait bien être mais ne se faisait pas plus de soucis que ça. Christian faisait partie de la catégorie des hommes capables de dormir sur leurs deux oreilles alors qu'ils se faisaient attendre.
Une fois retourné au bureau, François fut étonné de trouver Gustave Ador dans son cabinet.

- Bonjour monsieur Delaquis, bien déjeuné ?
- Bonjour monsieur Ador, très bien et vous ? Avez-vous besoin de moi ?
- Non, je venais simplement vous informer que l'affaire de Christian Quart est réglée.

- Quelle bonne nouvelle, je vous en remercie.
- Ne me remerciez pas, il fallait la régler. C'est d'ailleurs à moi de vous remercier pour votre analyse si perspicace des enjeux de la neutralité suisse. Je m'excuse, je dois déjà vous laisser, la charge de travail ne fait qu'augmenter en ces durs temps. Au revoir.
- Au revoir.

Quelle bonne nouvelle - était-ce vraiment une bonne nouvelle ? Qu'est-ce que « l'affaire de Christian Quart a été réglée » voulait dire ? François si fier qu'il avait été de pouvoir manger le midi même sans aucun regret, ni souci pour son ami Christian savait maintenant que cette fierté avait été une erreur. Il aurait dû se faire du souci, Christian n'était pas absent à cause d'une autre de ses aventures mais il lui était arrivé quelque chose. L'affaire avait été « réglée ». François voulut partir s'informer de son ami mais à quoi bon ? C'était lui qui avait mis Christian sous le nez de Gustave Ador. Sans sa discussion à la sortie d'A la Coquille avec Ador, il aurait mangé avec lui ce midi. Enfin, il n'en savait rien, Christian était probablement toujours chez lui, Gustave Ador était peut-être simplement allé le voir et l'avait aidé à réaliser les risques de ses propos. Le vice-président du CICR resta au bureau jusqu'au soir, il ne se permit pas une pensée à son ami afin de se prouver à quel point tout allait bien.

XV

Le matin suivant, François se réveilla à son heure habituelle, sans attendre il alla chercher un croissant chez A la Coquille. Il eut une petite joie lorsqu'à son arrivée il tata la poche de son manteau et y trouva son porte-monnaie. Il avait pendant une fraction de seconde crut l'avoir oublié.

La journée de travail fut longue pour François, il n'eut aucune difficulté à accomplir les tâches requises, mais celles-ci manquaient la pincée d'attention en plus qu'il avait l'usage de donner à son travail. François différait notamment de son entourage justement parce qu'il prenait de la satisfaction dans le travail acharné. Se sentir si pathétiquement proche de ses pairs l'obligea à quitter son bureau plus tôt qu'il ne l'avait prévu. Seulement chez lui, il réalisa qu'il aurait dû s'informer davantage auprès d'Ador. « J'aurai dû lui demander comment il a géré la situation... Mais, qui suis-je pour nommer cette situation une situation. Ah, voilà, que je le fais une fois de plus, ce n'est pas une situation, c'est Christian, mon ami Christian dont il s'agit. Je dois rentrer au bureau pour lui demander ce qu'il a fait exactement. Tout en retroussant chemin, François se perdit dans ses mêmes pensées. Réfléchir lui donna un bien fou, malgré cela, il ne s'y autorisa point et arrêta ce flux désordonné de pensées ignobles.

Distinguant François se diriger vers le bureau, Gustave Ador, qui venait d'y sortir, se dirigea vers son vice-président.

- Je vois que vous avez oublié quelque chose monsieur Delaquis.
- Non monsieur Ador, j'étais venu pour vous demander ce qu'il s'est exactement passé de la situation avec Christian.
- Ah oui, c'est vrai. Ça vous dérange si on marche en direction de Cologny ?
- Absolument pas.
- Alors, par rapport à ce Christian, j'ai donc

discuté avec lui afin de lui demander s'il était prêt à taire son discours politique, ce auquel il m'a répondu non. Bien que je lui aie clairement exposé les conséquences de son refus à nos raisonnables demandes, il n'a pas changé d'avis.

• Je vois, c'est bien le caractère de Christian.

• Malheureusement pour lui, le CICR ne pouvait pas prendre le risque de voir ses activités enfreintes par le discours politique de ce monsieur Quart. Je l'ai donc notifié à Ulrich Wille qui n'a pas eu de difficulté à le faire taire pour les prochains six mois.

• Pour les prochains six mois ?

• Christian Quart est maintenant en prison pour calomnie et diffamation de Ulrich Wille, il y restera pour les six prochains mois.

François ne fut pas surpris par cette annonce, plus il l'était par son propre froid devant cette nouvelle. Avec peine il dissimula le sourire nerveux qui se dessina sur son visage lorsqu'il termina la discussion par « Bien ».

XVI

François s'était toujours cru réfléchi et pour de bonnes raisons, il l'était. Mais ce soir-là lorsqu'après la discussion avec Gustave Ador, il alla voir Marie Thomas, il savait que ce n'était pas réfléchi. Toquant à la porte, il pensait à Christian. Ouvrant la porte, ce fut Marie. Elle regarda François et l'accueillit avec un soupir n'en disant que trop. François savait que Marie ne le voulait pas là. Elle l'avait laissé entrer et l'avait donné une dizaine de secondes pour s'installer dans le salon pendant qu'elle termina quelque chose dont il ne connaissait la nature. Quand elle aussi s'installa dans le salon, François qui précédemment avait été si contrôlé dans ses gestes, si réfléchi dans ses mots, surprit Marie. Contrairement à leur dernière rencontre où François avait sauté sur chacun de ses mots, ce soir-là, c'était une histoire toute différente. Marie fut la première à parler :

- Je vous prie de m'excuser monsieur Delaquis, je vous ai installé dans mon salon sans vous demander pourquoi vous veniez, peut-être vouliez-vous simplement me dire deux mots sans entrer.
- Ne vous en faites pas Mademoiselle Thomas, je suis content que vous m'ayez laissé entrer. Je voulais simplement discuter avec vous. Cela fait en effet un moment que nous nous sommes plus croisés.
- C'est bien vrai, je dois vous dire qu'après notre discussion je ne voulais plus vous voir.

François ne tenta aucune justification vis à vis de leur précédente discussion. Il lui répondit simplement par un « Je vois » auquel Marie répondit « Ce n'est pas tout à fait une excuse ». Mademoiselle Thomas était une femme capricieuse qui n'avait aucun problème à croire être altruiste tout en mettant au centre de chacune de ses actions son bien personnel ; elle perçut la simple réplique de François et profita du moment pour prendre l'ascendant.

- Je comprends que vous êtes venu pour discuter, mais moi je n'ai pas demandé à discuter.
- Ceci est certes vrai, mais je vous demande Mademoiselle Thomas : n'avez-vous jamais l'impression de devoir faire quelque chose simplement parce qu'il le faut.
- Non.
- Quel dommage, j'aurai espéré pouvoir baigner dans l'ampleur de ce sentiment avec vous...
- Mais de quoi parlez-vous François, vous me faites une crise de pouvoir l'autre jour et aujourd'huivous venez me voir comme si votre soi-disant romantisme allait me charmer. Vous savez, je n'aime pas du tout ce genre d'hommes qui se disent aimer inconditionnellement dans de longues phrases autant travaillées que les poèmes de Rimbaud. Ces hommes qui aiment, ces hommes qui feraient tout pour la femme. Ces hommes sont tout sauf des hommes.

Ces mots réveillèrent François d'une léthargie, il continua à écouter Marie et ne répondit qu'une fois son discours terminé. Elle n'avait pas terminé de lui démontrer le vice derrière l'homme qui aime mais elle s'était tue en remarquant l'expression faciale de François changée. Il était attentif.

- J'entends ce que vous me dites. Malheureusement je ne peux accepter pour vrai vos dires. Ne me comparez pas à ces hommes qui vous ont heurté et puis ne dites pas cela des romantiques. Enfin, que dis-je, des hommes qui aiment. Pourquoi méprisez-vous tant ces hommes amoureux ?
- Je ne dis pas mépriser les hommes qui aiment. Je dis simplement dédaigner ces hommes qui se font passer pour des romantiques, qui se disent aimer alors qu'ils n'aiment pas. Être amoureux monsieur Delaquis, être un amant, cela n'a que de la valeur lorsque c'est sincère.
- Oui.
- Vous n'avez que ça à dire ?
- Oui, je suis d'accord avec vous. L'amour n'est au final qu'amour s'il est sincère. Sinon

ce n'est rien de plus qu'un jeu de rôle. En revanche, ce que je ne comprends pas c'est pourquoi vous affirmez que tant d'hommes se font passer pour amoureux lorsqu'ils ne le seraient en fait pas. Peut-être le sont-ils vraiment.

- Non, ces hommes dont je vous parle, cette majeure partie des hommes n'aiment pas. Ils regardent et observent, admirent et dégustent. Peut-être même qu'ils séduisent, mais ils ne connaissent certainement pas l'amour !

- Je ne suis pas d'accord. Ils connaissent l'amour, et le chérissent mieux que vous-même ! De vos propos je crois comprendre que ce n'est pas du mépris que vous avez pour ce sentiment mais un profond respect. Je ne connais pas tout à fait votre passé mais vous avez peut-être eu un ou deux hommes dans votre vie. Ils vous ont charmé et vous ont lâché. Vous croyez qu'ils jouaient, peut-être le faisaient-ils, probablement ne le faisaient-ils pas.

- J'aime beaucoup vos interprétations divertissantes, mais cela n'est pas le cas François.

• Bien, mais laissez-moi terminer ma petite histoire hypothétique. Elle me divertit, dit-il en détournant le regard.

XVII

Marie écouta avec attention son histoire et n'hésita pas à y introduire quelques détails de sa propre imagination. Comme ça ils découvrirent sa créativité à lui et sa créativité à elle. Ils sortirent du salon et allèrent dans la cuisine. François demanda où étaient les tasses puis en prit une qu'il remplit de café, il y ajouta de la crème moelleuse. Celle-ci fut pour Marie. François raconta finalement ce qu'il avait appris durant l'après-midi, elle le réconforta et lui sourit. Il n'avait jamais connu un sourire autant apaisant.

De retour chez lui, François se munit de *La Guerre et La Paix,* il regarda l'œuvre mais ne l'ouvrit pas. Sans attendre il se coucha.

XVIII

Christian était en prison à Saint-Antoine. Lors de sa jeunesse il avait eu une vague admiration pour les détenus. Malgré le vice qu'il méprisait chez eux il avait admiré leur capacité à vivre pour certains sans but, ni futur, chez d'autres la simplicité de leur vie. Rapidement, il comprit que ce n'étaient que des illusions de jeunesse, il n'y avait rien à admirer. La simplicité de vie, n'était guère délibérée, la capacité des détenus à survivre n'était rien d'admirable mais plutôt quelque chose de dédaignable. Les détenus à vie ne désiraient pas vivre, ils n'arrivaient simplement pas à en finir. Quelle misérable condition de l'homme de s'attacher à une vie sans buts, ni espoirs par seul peur de la mort !

Christian vécut les premiers jours dans l'attente,

comme si à chaque instant un fonctionnaire alla le sortir de cette prison. Il se savait différent de tous ces brigands, assassins et fraudeurs. Il était Christian Quart, l'homme qui se bat pour une Suisse non alliée de l'Allemagne, une Suisse qui s'immortalise en respectant ses valeurs nationales. Après une semaine, cette attente continue devint insupportable. Le huit septembre 1914 il se leva avant l'aube et profita une demi-heure de la nuit. Dans la sombre cellule, il respira enfin. Gisant sur le lit, ses bras au sol, sa poitrine se gonflait rapidement et se dégonflait lentement. Christian clignait des yeux comme si dans cette obscurité une lumière l'éblouissait.

XIX

Marie repensa en ce matin du 8 septembre 1914 à la soirée passée avec François. Elle alla au boulanger pour chercher une bonne baguette et des croissants. Sur la route elle admira le pavement et imagina une sorte de jeu dans laquelle elle devait mettre un pas au sol uniquement une dalle sur trois. Après un petit instant elle réalisa avoir dépassée la boulangerie, Marie fit donc demi-tour et y entra.

- Bonjour Marie, comment allez-vous ?
- Oh vous m'avez fait peur François, très bien et vous ?
- Je vous présente mon amie Bénédicte de la Croix, elle ne vit pas à Genève, mais est ici

pour les affaires. Allons dîner ensemble dans la semaine !

- J'en serai ravie !
- Bon je vous laisse, dit François qui avait acheté son pain.

Les trois personnes s'étant dites au revoir, Marie se retrouva seule dans la boulangerie où pendant quelques instants elle profita de cette solitude pour respirer. Elle sortit finalement et rentra chez elle. Après une dizaine de minutes, c'est en plein soupir qu'elle réalisa avoir oubliée le pain. Jean Thomas n'apprécia pas le manque d'attention de sa fille lorsqu'elle lui annonça avoir oubliée l'achat du pain.

- Mais tu es allée à la boulangerie ?
- Oui, père.
- Et tu n'as pas acheté le pain ?
- Non, je ne l'ai pas acheté.

Marie expliqua à son père comment elle avait croisé François et son amie Bénédicte de la Croix et qu'elle s'était distraite à cause de leur discussion. Son père répondit avec un hochement de tête. Jean

Thomas sortit alors de la maison pour chercher le pain lui-même.

XX

Trois semaines passèrent, pourtant Christian ne perdait pas espoir de sortir de prison à l'aide d'un de ses contacts fonctionnaires. Il continuait à se lever avant l'aube mais ne trouvait plus le calme précédemment si apprécié. Ses pensées appartenaient à Victoria. Christian n'avait pas pu lui dire qu'il était en prison, elle devait se dire qu'il avait perdu intérêt, qu'il avait profité du moment de séduction mais que cela s'arrêtait là. Il savait à quelle point Victoria avait dû lui faire confiance pour se laisser charmer. Ils avaient après le bal d'Anastasia Vouchère passé une nuit à se balader en ville. Elle souriait et il la regardait, il parlait et elle réfutait, ils dansèrent à plusieurs reprises et tourbillonnant dans la ville de Genève, ils avaient ensemble découvert quelque chose, oui. Il en était sûr. Comment pouvait-il après cette nuit la laisser sans nouvelle ? L'avoir simplement délaissée là, après l'avoir tant gâtée, ou bien non. Elle l'avait gâté. Elle avait été parfaite, non pas forcément mignonne, belle ou charmante, mais simplement là. Là avec lui.

Lui, n'était maintenant pas là. Plissant les yeux il réalisa ceci. Il se rendormit mais se réveilla quelques instants plus tard. Il avait de nouveau rêvé de ses camarades de classes. Sa poitrine se gonfla presque de tout l'air de la cellule à l'idée de ses quelques femmes, ses quelques filles qu'il avait eu dans sa classe au primaire. Elles étaient des camardes de classes. Non, même pas, des connaissances. Christianétait irrité, son nez était bouché et il ne put uniquement respirer par la narine gauche. Toutes les deux ou trois minutes, il changeait de position sur son lit. Enfin, il se calma, et repensa à Victoria. « Oui, je le sais. Victoria est la femme. La femme qui amène mon bonheur. Pourtant, sa pensée me tue. Quel faible je suis. Je prétends vouloir être heureux, mais je suis dépendant d'elle. Trois fois je l'ai vu, deux fois je lui ai parlé, il ne m'a fallu rien de plus... »

XXI

Christian continua ses tortures pendant l'entièreté de la journée, ainsi fit il pour la journée suivante. Pendant un bref moment à midi, il s'endormit. Lorsqu'il se réveilla un garde était dans sa cellule et l'exigea de sortir...

- Pourquoi dois-je sortir ?
- Parce que.
- Avec tout le respect que je ne vous dois d'ailleurs pas, ceci n'est pas une réponse.
- Taisez-vous et sortez de là monsieur Quart.
- Et où devrais-je aller ?
- Sortez dans la cour, je viendrai vous chercher ce soir à vingt heures.
- D'accord.

Christian resta dans la cour sans avoir de banc ni chaise pour s'asseoir, il termina donc par se poser au sol. Après une bonne heure de repos il vit les quelques autres détenus venir dans sa direction.

- Alors monsieur Quart, on se rabaisse enfin à son niveau respectif.
- Probable, oui.
- Ah, il veut être le meilleur homme, il répond avec de la politesse... Eh, on sait tous pourquoi tu es là. Tu as voulu être une sorte de révolutionnaire contre la Suisse et le général Wille, tu es pire que nous. Nous, on a volé, toi tu as voulu corrompre la confédération.

Christian répondit alors que non, il ne voulait pas être « une sorte de révolutionnaire contre la Suisse ». Contre le général Wille certes, mais pas contre la Suisse. Il voulait continuer à argumenter et rabaisser ce jeune homme arrogant qui lui donnait une mauvaise réputation mais décida de se taire et de s'en aller. Quelques heures plus tard le gardien vint donc chercher Christian Quart, et le ramena à sa cellule. Cette nuit il dormit sans interruptions pour la première fois depuis son emprisonnement.

XXII

Le marché de carouge était splendide ce matin, à l'entrée du temple, en face de la fontaine une dizaine de femme était réunies. Elles étaient agitées, on aurait pu croire qu'elles parlaient de la guerre mais ce n'était pas le cas. La Suisse était placée au milieu des pays belligérants, pourtant à Genève, à part pour certains hommes d'affaires, politiciens et humanitaires, on n'en parlait pas. Le début de la guerre avait semé une certaine panique chez les jeunes mères qui craignait voir leurs fils partir à l'armée pour protéger le territoire helvétique de toute invasion, mais après que les jeunes hommes avaient été convoqués et les directives clarifiées, la panique cessa.

François traversa la rue Saint-Victor pour se

trouver à côté du groupe de dames. Il les salua avec un hochement de tête et continua sur la rue Roi Victor-Amé. François marchait avec le sourire d'un homme heureux. Finalement, il arriva au bord de l'Arve où il avait donné rendez-vous à Marie. Lorsqu'il la vit, son sourire s se dissipa vite pour une expression de gravité. Marie le reprocha, elle ne comprenait pas pourquoi il l'avait fait attendre autant de temps.

- Je suis navré d'avoir autant de retard Marie
- Ne t'en fais pas, mais ne me fait plus attendre comme ceci. Je me faisais des soucis tu sais.

Flatté par cet aveu de souci, François décida de s'admettre coupable et lui expliqua qu'à vrai dire il n'avait pas vraiment d'excuse, il s'était simplement mal organisé pour arriver à l'heure. Il croyait que Marie alla répondre avec un mignon rire témoignant du sentiment d'amour qu'elle éprouvait en réalisant que cet homme était au final devant elle réduit à un simple garçon qui lui aussi commettait des bêtises. À sa surprise, Marie réagit tout à l'opposé de ce que qu'il avait imaginé, elle fut insultée par la petitesse d'esprit qu'il lui accordait et décida de le confronter avec ce sentiment.

- Ne vois-tu pas que j'ai fait des efforts pour venir jusqu'ici et te voir. Pourquoi n'es-tu pas simplement venu un peu plus tôt, à l'heure ?

François ne sut que répondre à Marie et lui indiqua simplement qu'il était désolé de son retard. Ensuite, il essaya de se rattraper en lui promettant de la gâter le soir venu.

- Écoute Marie, je remarque que le manque d'intention que j'ai donné à ce rendez-vous, t'a blessé. Malheureusement on a aujourd'hui les deux pas mal de travail à faire, que dis-tu d'un dîner ce soir ?
- Oui François, j'apprécierais cela.

François plus heureux de la réponse positive pour la possibilité qu'il lui donnait de s'en aller sans soucis que pour la joie de dîner avec Marie le soir venu, sourit en lui disant: « excellent, alors rejoignons nous à vingt heures à la place du Bourg-de-Four, bonne journée. » Sans attendre l'au revoir de Marie, François s'en alla pour son bureau. Il était content d'avoir trouvé une manière fluide de s'en aller, il avait proposé le dîner pour s'excuser de son retard et celui-ci l'avait de même servi de transition pour retourner au bureau. Il ne voulait pas rester plus longtemps avec Marie. Après tout, il l'appréciait beaucoup mais même d'elle il tolérait avec difficulté un tel irrespect envers sa personne. La pureté de son amour envers les autres était telle que chaque geste témoignant d'une appréciation non totale de cet amour était intolérable à ses yeux. Ces gestes lui étaient tellement irritants qu'il en venait presque à douter de la bonté de sa propre personne.

Une fois arrivé au bureau, François commença à s'occuper de l'organisation des sociétés nationales de la Croix Rouge afin d'optimiser l'internement des prisonniers de guerre blessés. Concernant l'internement, il devait aussi en parallèle s'occuper des dernières autorisations du gouvernement helvétique. Il travailla une ou deux heures sur le plan d'action des sociétés nationales de la Croix Rouge. Le problème était que chacune de ces sociétés voulaient faire la plus importante partie du travail, voulait être la plus utile. « Comment leur dire qu'ils ne doivent que s'occuper de la logistique et du recensement d'internés ? Après tout je ne vais pas me faire de souci sur le sentiment d'importance des sociétés, je vais simplement leur envoyer le plan d'action. » François réfléchit comme cela pendant de longues minutes sans trouver de bon plan d'action en adéquation avec les propriétés propres à chaque société. Il savait qu'amener à vie un plan d'action qui ne prend pas compte de la réalité subjective des acteurs était la première étape d'une catastrophe. Les sociétaires, bien que nobles dans leurs dires, ne tiendraient pas une seconde en face de la pression permanente du plan d'action. Le seul moyen de les faire subsister était de les convaincre de leur importance. Ils devaient chacun être le maillon le plus important de la chaîne historique qui était en train de se construire. Après ces quelques heures de travail, la faim se fit ressentir mais il l'ignora. Le travail accompli n'était pas assez bon, il devait le perfectionner. Jusqu'à vingt heures, il réfléchit, écrit et effaça. Il n'avait depuis le matin en rien avancé. Du moins, d'après lui. Enfin il se rappela du dîner auquel il devait se rendre. Il était déjà en retard. Heureusement, la

place du Bourg-de Four, ne fut qu'à deux minutes
de marche.

XXIII

Marie était magnifique ce soir-là, une beauté que seule la rancune donnait. François répondit à cette beauté avec honnêteté ; il sourit et complimenta Marie ardemment.

- Merci François, tu es d'ailleurs toi aussi très bien habillé ce soir. En réalisant qu'il portait la même chose que le matin même Marie rougit, elle espéra qu'il ne réaliserait pas que ce ne fut qu'une politesse. Dis-moi François, où m'emmènes-tu ce soir ?
- Ma chère, chez un restaurant des plus beaux. Allons-y. François saisit la main droite de Marie et mena le pas entre les ruelles de la ville pour enfin arriver à la Place de Neuve.

Ils rentrèrent dans un restaurant situé à la face nord du grand théâtre. François avança jusqu'à la cuisine où il salua un jeune homme, Marie en revanche resta quelques instants de plus à l'entrée du restaurant. Lorsque François revint, elle ne le remarqua qu'après un instant.

Marie était étonné de ne jamais avoir remarqué ce restaurant, à l'entrée on aurait à cause de la pénombre dit une ancienne taverne remplie d'artisans buvant et joyeux de vie. Deux pas plus tard, l'établissement se transformait complétement - les joyeux hommes n'étaient ni soûls, ni artisans mais la haute société genevoise. L'entièreté du restaurant n'était pas éclairée de façon homogène ce qui avait pour effet que d'un bout à l'autre de la salle on ne distinguait pas les autres clients. Ceci donnait une intimité à chaque couple et groupe d'amis, cependant il y avait aussi une proximité entre les tables. Les clients se connaissaient pour la plupart, non personnellement mais professionnellement, les serveurs avaient pour habitude de les rapprocher de connaissances à camarades et enfin à amis. Le Vol d'Oiseau permettait aux clients de confirmer leur place à Genève tout en offrant l'opportunité de briller. François brillait malgré lui, il ne venait point pour discuter, se montrer ou admirer. Il était proche du propriétaire et des hommes qui y travaillaient. Lorsqu'il venait il passa toujours en premier dans la cuisine saluer les cuisiniers ainsi que le propriétaire. Ensuite, il alla s'asseoir à sa table, une table proche du coin intérieur gauche qui lui permettait de rester discret tout en restant proche du centre de la salle pour profiter des bavardages de la clientèle. Ce favoritisme qu'il semblait avoir dans Le Vol d'Oiseau donna à toute la société l'impression qu'il profitait de ce même favoritisme partout. Certains furent jaloux, d'autres l'admiraient. La plupart ne comprenaient pas, François était un de ces hommes charmant qui parle et mouvemente avec aise devant petite ou grande audience. Malgré cela, il s'était dès le plus jeune âge à un tel point démarqué comme intellectuel, qu'il avait la réputation d'un homme déconnecté de la réalité du monde. On le percevait comme froid, narcissique et méprisant. Marie découvrit ce soir-là une toute nouvelle façade de la société genevoise, une façade qui bien qu'exclusive n'ajoutait rien au charme de l'établissement.

Marie et François profitèrent d'un excellent dîner. Il était fier de l'avoir emmené ici et de lui avoir fait oublier le pénible épisode de la matinée. Elle était contente d'être appréciée et d'avoir l'opportunité de profiter de sa ville. Pourtant au fur et à mesure de la soirée Marie sembla perdre la parole. François appréciait trop le dîner, il appréciait trop sa propre personne et sa propre présence. « Son bonheur n'est pas mérité, il est content de lui, il est visiblement connu dans ce restaurant et se sent un peu trop à son aise. Est-ce que je veux vraiment passer plus de temps avec un homme qui, pour me séduire, ne s'attarde pas sur les besoins et plaisirs de ma personne, mais s'occupe de flatter la sienne devant moi ? » Marie profita de moins en moins de la soirée. Le dîner terminé, elle n'avait rien de plus que du mépris pour cette ambiance de débauche. La femme que François appréciait tant, témoigna en fin de soirée d'un jeu mélangeant politesse et sarcasme. Chaque geste, tableau ou affirmation en fut la victime.

XXIV

Le matin suivant, François se leva plus tôt qu'à son habitude. Dès sept heures et demie il était au bureau pour continuer l'organisation des sociétés nationales du CICR. À neuf heures il finit le plan d'action puis jusqu'à quinze heures il continua à travailler sur la demande d'autorisation d'internement au gouvernement suisse. Celle-là aussi fut terminée le jour même. Pourtant François continua à relire, retravailler et recommencer la demande dans les jours qui suivirent. Il croisa, dimanche matin, Gustave Ador au bureau du comité.

- Bonjour monsieur Delaquis, que faites-vous là aujourd'hui ?
- Bonjour monsieur Ador, je finalise la

demande d'autorisation à l'internement. Elle n'est pas encore tout à fait au point.

- Je vois. Je croyais pourtant que vous l'aviez déjà envoyée.

- Oui, elle est en fait déjà terminée et je pourrais l'envoyer, mais vous savez je préfère être prudent et m'assurer que la confédération n'ait aucune raison de refuser la demande. C'est pour cela que j'étudie minutieusement chaque clause de la demande.

- J'admire votre travail acharné monsieur Delaquis, mais ne vous faites pas de souci, je suis sûr que votre première version était déjà largement satisfaisante, ne vous attardez pas trop dessus et envoyer calmement la version actuelle au conseil fédéral.

François était maintenant obligé d'accomplir en une journée ce qu'il avait planifié d'accomplir en au moins une semaine. Gustave Ador voulait que dès le lendemain le conseil fédéral ait pris connaissance de la demande. Ainsi il passa chez Catherine Pictet pour s'excuser, il ne parviendrait pas à venir au dîner prévu le soir même ; il devait s'occuper d'un imprévu. Directement après avoir prévenu

Catherine il retourna au bureau où il reprit le dossier de demande d'internement, en le relisant François ne sembla plus rien trouver de ce qu'il avait prévu changer. Il décida donc d'y revenir plus tard et d'aborder le plan d'action. La méthode d'assimilation des tâches imaginée la veille se révéla plutôt pleine de succès. Après les avoir assimilées il ne revint finalement pas au premier dossier. François n'était pas satisfait de la demande, pourtant il lui semblait sur le moment impossible de l'améliorer. À l'idée d'être un de ces hommes accomplissant du travail médiocre à titre de pragmatisme une fatigue musculaire monta le long de ses lombaires en même temps que sa mâchoire se contractait.

Bien sûr qu'aucun travail n'est parfait, qu'aucune œuvre est parfaite, mais est-ce que ce ne sont pas que des excuses utilisées par les hommes faibles pour libérer leurs esprits faibles de la pression engendrée par le savoir que l'excellence est atteignable ? Ils se disent être réaliste, pour eux la perfection n'est qu'une idée. Ils vivent chaque jour de leur pitoyable vie en s'imaginant qu'ils ne sont ni saints ni génies mais que peu en importe car ils sont plus nobles que ces deux-là. Le saint est un alcoolique qui ne connaît que l'absolutisme. Le génie est un fou qui se réfugie dans le mépris des autres. Au contraire les hommes modérés eux, novices et incompétents dans tous les domaines, soi-disant en harmonies avec la dure réalité du monde, se trouvent bien vertueux et intellectuels. L'illusion qui les accompagne est la seule malédiction qui gâchera leur existence.

Lorsqu'enfin François sortit de ses pensées, il ne sentit ni l'envie ni le besoin de continuer cet acharnement. Il était quatorze heures lorsque François arriva chez lui, il n'avait pas faim mais par habitude mangea quand même. Il se coucha dans son lit pour faire une courte sieste, mais ne réussit à s'endormir. A la place il alla se placer sur son balcon pour observer le bas de la rue. Un enfant criait « maman, maman », il essaya de distinguer la mère mais n'aperçut rien. Les passants avaient l'air de n'en savoir pas plus que lui. Seulement, eux semblaient irrités par les cris de l'enfant. Devait-il descendre pour l'aider ? Il n'en savait rien, il ne connaissait point la situation du garçon. Il semblait chercher sa mère, mais s'il l'avait vraiment perdu, qu'il était délirant ou que c'était un brigand établissant une distraction, il ne le savait pas. Finalement, François descendit, la vue de ce garçon criant ces mots tendres à son oreille d'une façon si tristement espérant lui avait procuré une sensation pénible l'obligeant à descendre. À sa surprise, lorsqu'il arriva au bas de sa maison François ne trouva plus l'enfant, il le chercha dans les ruelles environnantes mais après quelques minutes, se convainquant qu'il avait retrouvé sa mère, il remonta. À la vue de l'heure il fut étonné du peu de temps écoulé lors d'épisode. Il s'approcha alors de la cuisine et ouvrit un par un les différents tiroirs, il n'y trouva rien de satisfaisant. Errant dans la maison, le piano se trouva soudainement devant lui. Malheureusement, il n'avait pas de morceaux en tête. C'était une des rares journées où François s'ennuyait. Il avait si souvent voulu un peu de temps libre, maintenant qu'il se l'était offert, celui-ci sembla n'être rien de plus qu'un temps mort.

XXV

Il ne faisait ce jour-là pas si chaud, pourtant Christian ne put tenir la chaleur de sa cellule. Il marcha en rond jusqu'à finalement trouver un coin de fraîcheur sur le bord métallique du lit. Un bref moment plus tard, un garde s'arrêta devant sa cellule pour observer les détenus d'en face. Christian saisit l'opportunité de se divertir l'esprit et interpella donc l'homme de service.

- Dites-moi monsieur, comment vivez-vous le fait de travailler dans un établissement allant à l'encontre de mon droit ?
- Monsieur Quart vos questions ne m'intéressent pas, puis... L'arrogance et l'égocentrisme dont vous témoignez !

- De quel arrogance et égocentrisme parlez-vous ? Ne voyez-vous pas que je suis l'homme le plus humble de cette prison, je suis littéralement abaissé à l'humus !

- De nouveau ! L'égocentrisme ! Ce système ne tourne uniquement autour de votre personne selon vous. Vous ne trouvez pas cette prison à l'encontre des droits humains, non, vous la trouvez à l'encontre de « votre droit ». Et cette arrogance, ne voyez-vous pas que si vous êtes ici, c'est peut-être bien pour une raison !

- Je l'affirme déjà depuis des semaines, cette raison n'était pas une légitime cause d'emprisonnement. Mais bref, mettons cela de côté. Revenons à moi, ma personne et mon droit. En disant cela, un fin sourire se dessina sur le visage de Christian que le garde ne perçut pas. Je ne connais pas l'état des autres prisonniers, je connais uniquement mes propres sentiments, mes sensations, mes faires et mon histoire. Vous pouvez dire que je suis égocentrique, je me dirai plutôt respectueux. Qui serais-je pour juger les autres prisonniers, je n'ai aucun point d'appuis, aucune histoire ou sentiment qui pourrait me donner une idée de la vie qu'ils ont menée. Christian alla continuer mais le garde l'interrompit.

• Monsieur Quart ce que vous dites n'a aucun sens, ne voyez-vous pas cela ? Bien sûr que vous ne connaissez pas l'histoire de chacun de ces prisonniers mais vous n'en avez pas besoin. Vous êtes assez intelligent pour déterminer que lorsqu'on parle de ces prisonniers, on ne parle pas des hommes un à un comme s'il passaient chacun devant un juge, dans votre histoire: vous, mais tout simplement du groupe de détenus. Peu importe si ce sont les hommes incarcérés aujourd'hui, hier ou demain.

• Monsieur, je ne trouve aucune aberration dans ce que je dis. Mais avant de revenir à la discussion, ne parlez plus d'intelligence s'il vous plait. Je ne suis pas un homme intelligent, vous n'êtes d'ailleurs pas non plus un homme intelligent. Christian alla continuer et raconter au garde qu'ils sont tous deux intellectuels, l'intelligence étant non quantifiable. Malheureusement, à ses derniers mots le garde s'en alla.

Christian de nouveau seul repensa à Victoria lorsqu'un rapide frisson le prit. Il n'avait pas pu terminer la discussion avec le garde, il aurait voulu au moins pouvoir terminer son point si bien établi : à partir du moment qu'un homme naît la gestion de sa vie ne dépend alors que de lui. Ainsi, la liberté est un des droits les plus fondamentaux. Un droit auquel la prison s'oppose. Instinctivement le maintien de ce droit, auquel dans une autre dimension même la société tout entière s'oppose, semble être une priorité pour tout homme. Certains diront que non, la prison ne le respecte pas, mais que c'est justifié car les détenus ont commis des actes ayant pour conséquence qu'ils méritent l'élimination de leurs libertés. Le problème avec cette pensée est que le jugement de ces actes revient à d'autres hommes. La loi a certes été édifiée sur des générations et des milliers d'hommes, mais il en revient que la loi est un substitut aux hommes et leur jugement. Ce jugement, bien que partagé par des milliers d'homme, n'est pas une vérité absolue.

L'homme commettant un acte illicite ne mérite pas de perdre sa liberté.

Christian se leva brusquement pour se rasseoir. Durant un instant de sensibilité accrue à son environnement, il réalisa ce qu'il n'avait jamais auparavant si bien compris. Les droits humains sont bien réels et nécessaires à une vie qualitative. Or ils sont conventionnels, en d'autres mots, volatiles. On les a, ou pas. La loi prévoyant ces droits est issue d'une institution qui de la même manière ôte ces droits sans difficulté. L'unique vrai droit est le droit naturel, sa seule définition tolérable est la légitimité de faire tout ce que l'on peut faire. Lorsque l'homme est en prison, il n'a plus le droit d'être libre. Non pas car il a commis un acte illicite mais car il n'a pas la force d'être libre ; le système judiciaire est plus fort que l'homme. Par contre, s'il échappe de prison, il a le droit d'être libre. Christian sembla après cette réalisation plus triste qu'avant. Il n'avait pas le droit d'être libre, de choisir sa vie, de choisir son bonheur.

Pendant de longues minutes il médita sur cette idée avant de l'abandonner. Il ne voulait plus y penser. Christian s'endormit finalement, mais lorsqu'il se réveilla ces pensées inconfortables revinrent. Comment est-ce qu'un homme ne peut avoir le droit au bonheur ? Il comprenait qu'un homme pouvait être privé de son droit à la liberté, mais que celui-ci puisse par conséquent être privé d'un potentiel bonheur semblait affreusement austère, même pour un matérialiste comme lui. Le bonheur est individuel, l'homme a donc besoin de sa liberté pour faire ce qui le rend heureux. Cette idée parfaitement logique l'irrita sur l'instant plus que tout. Christian chercha d'autre manière d'arriver au bonheur ; il n'en trouva aucune. Il en vint finalement à questionner l'existence du bonheur. Peut-être que l'homme s'illusionne à penser qu'un bonheur est possible uniquement pour pouvoir survivre les misères de la vie mondaine. Soudain, une idée lui vint, il avait pendant tout ce temps poursuit les plaisirs et non le bonheur. Lorsqu'il était heureux, il se sentait bien. En d'autres termes il ressentait du plaisir. Ainsi, on déduit que le bonheur est une source de plaisir. Or, cela ne sous-entend pas qu'à l'inverse le plaisir est une source de bonheur. Christian avait toujours appris que le bonheur était individuel, quel mensonge. Le plaisir lui est individuel, l'homme a besoin de liberté pour agir en fonction de ses prédispositions naturelles envers certaines sensations de plaisir. Chaque homme a un corps unique, là où certains éprouvent du plaisir d'autre n'en éprouveront aucun. Certains devront faire du sport, d'autres manger. L'homme s'est trompé, il a voulu se tromper, il est tellement plus facile de poursuivre le plaisir que le bonheur, de penser que l'on peut choisir son bonheur. On ne le peut pas. Il y a une source de bonheur. Il y a un bonheur absolu qui lui n'est pas individuel.

XXVI

Quelques semaines s'étaient écoulées durant lesquelles Christian avait obtenu plusieurs lettres. Certaines lui informaient de l'état des lieux par rapport au général Wille, d'autres lui informaient de ses proches. Ce matin il lut une des lettres qu'il avait reçues de François. En l'ouvrant ses sourcils se baissèrent légèrement en même temps que son épaule gauche se leva de façon à tenir la lettre plus proche de son visage. Il lut les premières lignes avant de remonter le regard. Enfin il reposa les yeux sur l'écriture de son ami et termina la lettre. François et Christian avaient les dernières se-maines échangées par rapport à divers sujets: Victoria, Marie, leurs inventions philosophiques, les affaires... Dans cette lettre-ci, François l'informait de la situation avec Marie. Il avait réussi à se rapprocher d'elle et étonnamment elle autant que lui semblait apprécier ce rapprochement. En revanche il se sentait maintenant moins confiant en sa présence. Chaque geste était une opportunité pour la décevoir. Christian face à ces mots ressentit une grande frustration. Ces problèmes si banals ne lui seraient jamais arrivés avec Victoria. Il fantasma alors pendant un moment sur la vie qu'il aurait avec Victoria lorsqu'il sortirait de prison, qu'il devrait fournir des efforts immenses rien pour réussir à lui adresser un mot. Il s'imaginait qu'à cause de lui elle aurait plongée dans une sévère tristesse et que lui si héroïque au début de leur relation avait été plus qu'un vilain dans son histoire. Mais enfin, après maintes tentatives il réussirait à la reconquérir et lui montrer qu'il n'avait jamais voulu l'abandonner du jour au lendemain. Il n'était simplement pas libre.

XXVII

La soirée du 19 octobre, Les Armures était rempli des hommes les plus influents de Genève. Parmi eux François Delaquis se trouvait à sa juste place. Il savait exactement placer la bonne remarque, qui relançait la discussion et replongeait tout le monde dans un nouveau débat sans que jamais la remarque semble faite pour mettre en avant son intellect. Lorsque finalement la soirée prit fin, il était satisfait du dîner, celui-ci lui avait procuré un peu de plaisir. Arrivé devant sa porte il repensait au bonhomme en surpoids, qu'il avait vu au Bourg-de-Four quelques mois auparavant. François ne put s'empêcher d'éprouver un désagréable sentiment.

Le lendemain il se leva dès l'aube afin de profiter de la brume matinale. Après avoir mangé un sobre petit déjeuner il s'accoutra d'une légère veste ainsi que des bottes qu'il avait dans son adolescence tant portées lors de ses balades dans les marécages d'Onex. Il n'avait prévu d'y retourner cette journée-là, mais les bottes lui rappelèrent ces matinées de marches qu'ils y faisaient. Son père ne semblait pas particulièrement aimer cette nature. Pourtant, il ne pouvait s'empêcher de sortir pendant de longues heures aux marécages. Il n'y trouvait aucun poisson, ni bel oiseau mais que des moustiques. François n'avait jeune jamais compris la raison de ses balades. Son père lui disait qu'en grandissant il comprendrait un jour la joie que ces simples moments donnaient. François n'avait jamais apprécié lorsqu'on lui expliquait qu'avec le temps il comprendrait. Il ne comprenait toujours pas. Quand bien même ce matin, il alla aux marécages. La route du centre-ville au village d'Onex pouvait être marchée mais François décida d'atteler un cheval, il ne voulait pas rater la brume matinale. Un peu après sept heures et demie, il arriva dans le village d'Onex ; quelques paysans travaillaient déjà mais la plupart semblaient attendre l'ordre d'un quelconque propriétaire de terres. Le village comptait de moins en moins de terres et de plus en plus d'habitations. Les uns en étaient plus qu'heureux, les autres en semblaient mourir de faim. Leurs parents avaient résisté l'exode rural, maintenant c'était l'urbanisme qui venait à eux. François savait précisément le dilemme auquel faisaient face ces petites communes. Les maires doivent faire ce que les habitants de la commune veulent bien évidement, mais est-ce que vivre dans l'illusion d'un temps passé est la solution ? Ces brèves pensées occupèrent l'esprit de François un moment. Enfin, il descendit de cheval et s'apprêta à adresser la parole à un paysan qu'il avait déjà vu quelques fois sur le chemin mais abandonna l'idée au dernier instant et rebroussa chemin.

Une fois son hollandais à sang chaud entre les mains du palefrenier, il monta à son bureau. François retira ses bottes, et fut tenté de les laisser dans l'antichambre mais se rappela qu'aucune obligation ne le pressait. Il retourna donc deux pas en arrière, saisit les bottes, les polit avec sa manche et les reposa sur la même étagère où il les avait prises. Enfin dans son bureau, il n'y resta pas une demi-heure avant de décider d'aller voir Marie Thomas.

XXVIII

L'appartement des Thomas brilla d'une vive lumière, la famille toute entière était ce matin à la maison. Jean Thomas accueillit François avec le sérieux que seul lui semblait apprécier à sa juste valeur. Madame Thomas bien qu'agitée sembla presque se cacher. Marie en revanche était si calme devant François qu'elle se sentait devoir agir d'une quelconque façon en face de son père habitué à une tout autre demoiselle.

La personnalité d'un individu n'est uniquement connue par son partenaire. Certes, chaque parent connaît son enfant, mais rares comprennent leur adolescent et presque aucun connaît son enfant une fois l'âge adulte atteint. Cette vérité n'est cachée d'aucun. Pourtant chaque parent agit comme si son plus grand devoir résidait dans l'acte de naïveté envers cette incompréhension. Ils agissent comme s'ils connaissaient par cœur leurs enfants. Ainsi, les jeunes adultes les croient ignorant, ils souffrent d'incompréhension mais sont trop gênés pour parler de ce qui les anime. Cet acte de naïveté fait précisément parti des cadeaux innombrables mais nécessaires que les parents font à leurs enfants.

François n'avait jamais eu l'opportunité de démontrer à ses parents qu'il avait démasqué ce mensonge. Marie elle, ne commençait que maintenant à le comprendre. Elle observait chaque geste de François à chaque parole de son père. Nombreux furent les gestes qui l'irritaient. Mais encore plus furent les paroles de son père qui la gênaient. Elle voulut enfin intervenir auprès de la discussion lorsque François regarda sa montre et s'excusa : « monsieur Thomas, ce fut un plaisir de vous revoir aujourd'hui, malheureusement je dois déjà vous laisser, j'ai rendez-vous avec mon ami Marco pour pêcher la truite dans la magnifique Arve ». Jean Thomas appela alors sa femme pour qu'elle lui dise au revoir. Finalement, ils se trouvèrent dans l'antichambre encore une bonne demi-heure à discuter durant laquelle la mère de Marie ne put s'empêcher de saisir la main de François. Lorsqu'enfin François prit congé, il sourit des yeux à Marie tout en gardant une expression sérieuse.

XXIX

- Tu as donc vraiment pris une canne à pêche ?
- Oh, tu es là Marie. Oui, j'ai menti sur mon ami Marco mais au moins je n'ai pas menti sur la pêche.
- Quel vice !
- Quel génie.
- Évidemment, répondit Marie avant de lâcher un rire.
- Comment vas-tu sinon ?
- Je vais très bien et toi ?
- Vraiment, comment vas-tu ? Je sais que tout va bien, que tu es heureuse, tu ressens peut-être même toute la joie qui vient avec cet état de plénitude. Mais Marie, je ne te demande pas de me dire ce qui va mal. Je te demande

de me raconter les petites choses, celles qui, bien que trop insignifiantes pour déranger ton calme intérieur, te font soupirer.

• Sais-tu, je t'apprécie.

• Moi aussi je vous apprécie mademoiselle Thomas, répondit François en souriant innocemment. Alors ?

• À vrai dire, je voudrai te parler de ces petites choses mais avant cela je dois te parler d'un évène...

Le cœur de François alla s'emballer avant qu'il se remémorât qu'un homme heureux, de sa stature, ne devait rien craindre.

• Raconte-moi Marie, je suis là à ton écoute.

• Votre ami Christian a essayé de s'ôter la vie.

• Je vois...

Pendant que Marie lui expliqua que son père avait appris la nouvelle du président de la prison de Saint-Antoine quelques instants après sa visite, François bien qu'ailleurs ne sembla ni affligé ni triste. Évidemment, Marie lui cacha les commentaires faits par le président de la prison.

- Je suis désolé que tu aies dû apprendre cette triste nouvelle Marie. Si je puis faire quoi que ce soit pour t'aider à ôter cette triste pensée de ton esprit, je t'en prie dis le moi.
- Cette nouvelle m'a bien choquée je dois le dire, mais je me fais plus de soucis pour toi François, vous êtes très proche l'un de l'autre... Marie alla offrir son aide à François, mais il la coupa avant qu'elle en ait l'occasion.
- Ne t'en fais pas pour moi Marie, l'important est que Christian retrouve l'étincelle de vie qu'il a toujours eu.

Marie savait que François se sentait responsable pour cette « reconquête » de la vie que Christian devrait entreprendre et qu'il ne pourrait probablement en rien aider Christian. Pourtant, grâce à son tact féminin, elle ne lui fit uniquement comprendre qu'elle compatissait avec chacune de ces paroles. Enfin, inventant un rendez-vous, François s'excusa avec la plus grande politesse. De nouveau, Marie lut à travers ce mensonge et l'accepta comme si ne pas mentir était inimaginable.

XXX

« J'ai presque tué mon meilleur ami, je lui ai
ôté le désir de la vie. Je lui ai arraché la moindre
miette de bonheur en l'envoyant en prison. Pire, je
lui ai aussi volé tout espoir d'un futur bonheur. Jamais je ne me pardonnerai. Quel hypocrite je suis
! Penser à moi, à moi et à moi dans ce moment où
l'autre ne peut pas être heureux. Je le savais pourtant, Christian n'aurait jamais pu trouver quelque
bonheur que ce soit. La prison ! Et puis qu'est-ce
que je voulais encore. Quel homme peut trouver
son bonheur derrière les barreaux ? Non, je ne suis
pas responsable, seuls les hommes égocentriques se
veulent être bouc émissaire des maux du monde,
certaines choses arrivent et des fois on ne peut

simplement rien y faire. Admettre ceci comme étant ma faute ne serait que faire preuve d'un égocentrisme surdimensionné. »

François avachi sous le poids de ses pensées ne trouva l'énergie de monter les escaliers menant à son bureau. De longues minutes il resta debout devant ceux-ci avant de s'y asseoir. « Pourquoi me sens-je mal alors, ce n'est pas de ma faute... Arrête ! Il faut que j'arrête, si je me sens mal, c'est parce que c'est de ma faute. Je dois aller le visiter, je l'ai jusqu'à dans mes pensées fait déshonneur. Il n'est ni faible, ni triste, il n'a qu'été le plus rationnel des hommes. Six mois de prison. Court mais assez long pour apprendre à chaque homme que le bonheur dans un monde de captivité n'est qu'illusion. Jamais il ne retrouvera le bonheur ».

Alors, François revit chaque visage qu'il n'avait jamais connu. Il les avait tous vu, certains pendant des années à chaque coin de rue, d'autres qu'une seule fois. Chez tous, en revanche, il n'avait que vu de la misère, celle qui hante. Non pas la guerre ou les maladies. Non, l'avarice, les sourires manqués ou menti, l'amour perdu, les disputes. Ces mères qui s'apprêtent à gifler leur fille. Ces fils qui perdent la tête pour un jouet non reçu. L'homme qui a perdu sa femme au voisin, pire : la femme qui a perdu la tête pour cette éphémère soirée.

XXXI

François prit son plus humble cheval pour la route jusqu'à la prison de Saint-Antoine. Il s'était vêtu d'un grand manteau, après un quart d'heure seulement il se trouva déjà à devoir l'ôter. Lorsqu'il arriva, les gardes lui firent remplir un nombre de paperasses qu'il remplissait sans en avoir la moindre conscience. Enfin, il se trouva devant Christian.

• Bonjour Christian, je suis navré de n'avoir pu te visiter plus tôt...

• Salut François, quel plaisir de te voir aujourd'hui ! Ne t'en fais absolument pas. Je comprends que la guerre apporte plus de problèmes que prévu. J'imagine que tu es certainement très occupé à la Croix Rouge.

• Oui... La guerre nous occupe bien, après tout
si l'on ne fait rien maintenant, à quoi bon ?

Soudain, François qui jamais n'était embarrassé,
semblait gêné. Après une courte pause il reprit la
parole.

• Je dois te dire que je me sens coupable,
François s'apprêtait à avouer que c'était de
sa faute que Christian était enfermé lorsque
Christian l'interrompit.
• Une fois de plus, ne te fais pas de soucis.
Tu es un des rares hommes que j'apprécie. Parlons, car ensemble nous le pouvons.
Oui, j'ai essayé de me suicider et non tu
ne devrais pas te sentir coupable. Bien sûr
que tu aurais pu me visiter, bien sûr que je
me serais senti moins seul. Mais cela n'aurait rien changé au cours des événements.
Je voulais en finir, non pas à cause de la
solitude, ni par le manque de liberté, mais
bien à cause de la réalisation que je ne pour-
rai jamais être heureux. Six mois de prison
sont bien fâcheux mais je Or me libérer

de cette chaîne, je croyais cela impossible. J'ai pendant de longues heures médité sur la problématique de la liberté ; comment se fait-il que moi, Christian je ne sois pas libre ? Comment se peut-il qu'un homme mérite l'enferment, plus important encore, comment est-ce possible qu'un homme ne mérite même pas la plus fine part de bonheur ? Ces questions m'ont assez littéralement hanté. Certaines j'ai répondu, d'autres restent un mystère. Bien sûr, je vais te dire quelles réponses j'ai trouvé, dit-il en lâchant un rire témoignant de l'âge qu'il avait pris en prison. François hésita à l'interrompre pour lui dire qu'il devait bien se sentir coupable, mais il ne le fit point. Il ne lui demanda que de l'éclaircir sur ses réalisations

• Tout d'abord j'ai réalisé que tous ces droits humains dont on parle si souvent ne sauveront aucun homme. La seule loi véridique est le droit naturel. Bien sûr, cela peut être interprété de bonne façon, mais c'est dévastateur. Comment est-ce qu'un jour j'atteindrai le bonheur si je ne peux pas être libre ? Je ne serai jamais libre, la société m'enferme, maintenant dans cette cellule, plus tard dans ses conventions. Du moins je croyais.

• Je dois dire que ton raisonnement est obscur mais il me surprend par sa construction mathématique. D'après tes arguments il est vrai qu'entrevoir une vie de bonheur, une vie où l'autre existe, où la société existe, semble impossible. François agrémentait chaque phrase de diplomatie pour ne pas décourager son ami, mais il savait tout autant que Christian que dans un monde de captivité, le bonheur est impossible.

• Attends, ce n'est pas tout. Pendant un moment j'ai cru pouvoir être heureux, vois-tu. Je le pense d'ailleurs toujours fortement. Nous avons fait une erreur. L'homme a fait une erreur. On a toujours dit que le bonheur est individuel, qu'ainsi il fallait donc être un homme libre pour pouvoir choisir son bonheur, évidemment cela n'est pas complétement faux mais je pense qu'on a manqué quelque chose. Le bonheur n'est pas individuel. Le plaisir est ! Peux-tu me décrire le bonheur, non ! Nous ne connaissons que les effets du bonheur sur notre personne : une sensation de plaisir. Il est si facile de mélanger ces deux buts. L'un aisément atteignable, compris par l'homme, l'autre difficilement atteignable et incompris. Le plaisir existe par lui-même mais est aussi ressenti lors d'un état de bonheur. Le bonheur en revanche ne peut être provoqué par le plaisir, lui existe uniquement par lui-même. Nous avons échangé ces concepts et poursuivi le plaisir à la place du bonheur. D'ici, la possibilité d'un homme non libre mais heureux ne semble plus si impossible.

• Bien que je ne sois pas convaincu de la théorie que tu mets en avant. Si tout ce que tu dis est vrai, pourquoi as-tu, si je puis me le permettre, ressenti l'envie d'en finir ?

• Je dois le dire c'est assez surprenant. Jamais je n'aurai cru m'en prendre à ma propre vie. Vois-tu, après cette réalisation, le bonheur me semblait être une possibilité. Pendant quelques jours j'ai donc simplement continué à passer le temps mais avec la différence que j'avais grâce à ces réalisations acquit une certaine sérénité. Les jours n'en furent pas plus plaisants, certains même moins, mais ils semblaient moins me peser. Les moments de joies je pensais à Victoria, les moments de tristesse je pensais aussi à elle. Bien que cela ne fasse pas longtemps que je la connais, sa seule pensée me donnait le sourire. Puis un jour, elle est venue me visiter, je savais et ne sais d'ailleurs toujours pas comment elle a su me trouver ici. Lorsque je l'ai vu elle semblait heureuse de me retrouver. Aucune explication, seuls des regards échangés, des lèvres entrouvertes, un frôlement, un mélancolique sourire se transformant en sourire de véritable bonheur, la femme de ma vie de retour - j'avais pendant si longtemps rêvé de ceci, malheureusement rien de tout cela arriva. Il n'y eut de romantisme, ni même de sympathie. Elle semblait me visiter uniquement car sa conscience le demandait. Elle est restée ici une ou deux heures je crois mais elle n'attendait qu'un moment propice pour s'échapper. Bien évidemment, j'ai fait comme si je ne remarquais rien, mais j'avais mal, tellement mal. Ce monde m'avait avant elle paru si cruel que le seul moyen d'y être heureux était de le fuir, d'être seul. Grâce à Victoria j'ai réalisé que le monde a en fait une face toute différente. Quoi qu'il se passe, ou que je sois, une femme, une personne qui m'aime, et non pas car je suis de son sang ou car elle le doit, serait là. La vie peut être difficile de temps à autre, des fois elle peut même paraître impossible. Heureusement, cette personne, cette femme, était là pour me faire relativiser. L'humanité aurait pu s'évaporer, tant qu'elle était là tout serait parfait. Sa visite m'a vite réveillé de cette illusion. Tout à coup, la solitude précédemment prônée, puis effacée par cette femme était maintenant devenue un fardeau. J'étais triste et la liberté n'aurait rien pu y changer, pourtant à cause de l'absence de liberté j'étais encore plus susceptible à ces tristesses. Ces questions me furent plus tolérable, moins supportable encore était l'attente. La liberté ne sert à rien au bonheur mais l'homme enfermé n'en est pas plus heureux, la solitude si nécessaire à la liberté perd alors en même temps que la liberté tout son sens. Paradoxalement, c'est parce que j'avais goûté à sa compagnie que la solitude devenue obsolète heurtait tant.

- Quel complexe train de pensées que tu as eu !
- Rien de moins que le nécessaire pour en venir à me suicider. Passer toute sa vie à se demander si un jour le bonheur sera atteint m'était devenu insupportable, je devais en finir.
- Je vois...
- Bien sûr, tu dois te demander comment il se fait que je ne suis pas mort, après tout se suicider ne doit pas être si difficile ? Eh bien, j'ai changé d'avis. J'ai avalé ces pilules, aucun risque d'échec normalement. J'en avais avalé une tonne ! Seulement, un court moment après les avoir avalés, je me suis fait vomir. Vois-tu, fruit du hasard : Victoria, est passée me voir quelques minutes après que je les avais avalées. Au premier regard, cela m'a rendu fier de moi, de mon acte, j'allais mourir et bien que pour moi c'était une délivrance, pour elle ça serait une souffrance. Elle allait sentir ce que lors de sa visite elle m'avait imposée comme douleur. Et c'est à ce moment-là que j'ai réalisé à quel point je

n'avais rien compris à l'amour. Si je pouvais penser à de telles choses, si je pouvais à ce moment me transformer en un tel monstre cela voulait dire que les pensées et les actes d'un homme étaient susceptibles au moindre élément perturbateur. Mais plus important que la cause et signification de ces pensées : je les pensais ! Je ne peux pas toujours être là pour elle, être bon pour elle. Or, je n'en étais pas moins amoureux. J'avais trop demandé de Victoria, je lui ai demandé de me sauver de ma léthargie, de sauver ma gâchée vie. Ne me demandes pas comment ou pourquoi, peut-être que l'amour m'a rendu fou, mais cette pensée a agi comme une étincelle, si tu vois ce que je veux dire.

• Je ne crois pas exactement voir ce que tu veux dire, mais continue, ce que tu dis là est intéressant. À cette réplique, Christian le rassura qu'un jour il comprendrait, qu'il ne l'avait peut-être pas encore senti, mais qu'un jour quelque chose provoquerait chez lui ce même sentiment. Sans attendre de remarques, Christian continua à lui expliquer la réaction en chaîne que produisit cette pensée, celle qui le permit d'abandonner le suicide.

Épilogue

I

Malgré la pensée générale, la guerre dura plus longtemps que prévu. Dans ces tristes temps certains arrivèrent à trouver leur part de bonheur. Christian était sorti de prison et s'était marié avec Victoria. Contrairement à ce que ses proches pensaient, il ne revint jamais à ses idées révolutionnaires. Étonnamment celles-ci ne le tentaient plus. De temps à autres il se trouvait à repenser à son temps en prison. Ce temps l'avait sauvé. Malheureusement, il ne vit plus que très peu François. Celui-ci était, après avoir écouté avec attention les dires de Christian lors de sa visite à la prison, presque devenu méconnaissable. Les idées que Christian rapportait ne faisaient d'après lui que preuve de sa folie. Il était persuadé qu'à cause de lui Christian vivrait le restant de sa vie dans une illusion. François n'avait jamais porté grande attention à ces proches, aucun n'était donc surpris de le voir de moins en moins. Uniquement Marie se fit aux premiers abords du souci pour lui. Il fut rapide à lui montrer que ce qu'ils avaient ne serait plus jamais. L'homme qu'elle admirait était devenu source de pitié, elle dut à plusieurs reprises le trouver devant sa porte ivre. Les soirées à boire jusqu'au sommeil était devenu une habitude pour François.

II

Le but dans la vie est le bonheur. Que ce soit conscient ou non chaque homme œuvre tout au long de sa vie pour atteindre ce bonheur. Les hommes œuvrant inconsciemment sont toujours heureux, les hommes œuvrant consciemment le sont souvent pas. Lorsqu'un homme se donne comme mission le bonheur, il ne diffère en rien à tous les autres hommes. Seulement, lui se donnera l'opportunité de croire qu'il est unique dans cette mission, qu'il devra faire des choix afin de l'atteindre.

Quelle erreur ! La liberté ne promet pas le bonheur. Avant de développer ceci, clarifions quelques concepts critiques à la bonne compréhension du sujet : la liberté est le fait d'être souverain dans l'exercice du droit naturel ; l'homme non libre lui n'est pas souverain de l'exercice de son droit naturel, plus particulièrement, la souveraineté de l'exercice de son droit naturel appartient à un autre homme sans qu'il ne la lui soit accordée de façon explicite ou tacite. Cette notion de droit naturel si mal définie par les juristes n'est rien de plus que le fait d'avoir le droit de faire tout ce que l'on peut faire.

En effet, être libre n'amène pas forcément au bonheur. Commençons par observer le fait que le concept de liberté insinue que c'est à l'homme d'agir et d'œuvrer pour ce bonheur. Il y a donc un certain effort qui doit être fourni pour que l'homme soit heureux, ceci ne pose en rien problème, si un homme ne veut pas fournir d'efforts pour vivre, il ne devrait pas vivre. En revanche ce qui pose problème est le phénomène psychologique qui se passe dans la tête de tout homme libre: d'abord il pensera pouvoir atteindre le bonheur (ce qui est certes vrai), ensuite il agira pour l'atteindre, seulement cela prendra du temps.

Plus le temps avancera plus sa mort approchera, en conséquence la pression d'atteindre ce bonheur augmentera. Paradoxalement, un homme se pressant à être heureux ne peut que rarement trouver un peu de bonheur. En effet, un homme qui atteint le bonheur atteint un état de plénitude. Or, comment est-ce qu'un homme sous pression peu atteindre un état de plénitude ?

Passons à présent à la responsabilité de la vie qui s'accompagne de la liberté. Nombreux argumenteront que l'homme non libre porte autant la responsabilité de sa vie que l'homme libre. Sur ce point je ne m'affolerai pas, ce qui compte est l'impression de responsabilité de sa propre vie qui vient avec la liberté. Tout homme fera à un moment donné dans sa vie une erreur, peut-être même, avec des mots plus dramatiques, qu'il ratera sa vie. Ce moment venu, l'homme persuadé que c'est de sa faute que sa vie va momentanément mal devient à long terme malheureux.

Maintenant un des points les plus centraux relativisant l'utilité de la liberté. Évidemment il faut être libre pour vivre une vie confortable. Or, une vie confortable n'est pas forcément une vie de bonheur. En effet, la liberté à pour ses prôneurs comme utilité l'opportunité qu'elle donne de choisir de faire ce qui les rendra heureux. Ces hommes prétendent que le bonheur est individuel et qu'ainsi il faut être libre afin de pouvoir choisir son bonheur. Seulement, la prémisse de cet argument est fausse. Contrairement à ce que l'on pourrait croire le bonheur n'est pas individuel, c'est le plaisir qui est individuel. Attention ! Il faut faire une différence entre bonheur et plaisir, le plaisir est une conséquence du bonheur mais peut aussi être atteint sans être heureux. À cause du fait qu'un homme ressent du plaisir lorsqu'il est heureux, le plaisir est souvent confondu avec le bonheur. Ainsi certains pensent que le bonheur est individuel. Une raison additionnelle que les hommes confondent plaisir et bonheur est que le plaisir est plus facile à atteindre, quelque part les hommes veulent se tromper, croire qu'ils peuvent agir pour devenir heureux et que c'est aussi facile que poursuivre le plaisir. Le bonheur lui est le but ultime dans la vie et est atteint par la vie. La vie est le moyen pour le but, le bonheur ; personne ne sait comment le trouver à tout moment à tout endroit, bien que la politicologie et la philosophie en prétendent autrement.

Ce n'est pas car l'individu ne connaît pas la formule pour le bonheur qu'il est individuel. Le bonheur est absolu, il n'est pas relatif, tous les moyens, toutes les vies convergent vers le Bonheur.

Maxwell Diego Toussaint Koulen

* 9 7 8 2 8 3 9 9 3 6 9 3 4 *